슬픔의 학교

슬픔의 학교

채 수 영

새미

말을 감추고 싶다

말의 허무를 실감하고 산다. 내가 쓰는 시는 마치 상업용 광고처럼 무언가 부족을 느끼면서 허전을 메우기 위해 다시 서성이는 일이 다반사이다. 이런 일도 어지간히 숙달이 되었으련만 갈수록 미궁 앞에 할 말이 고갈된다. 그래도 반사적으로 시 앞에 서는 일이 일상이 되었음은 어찌할 수 없는 슬픔학교 학생이다.

나는 이제 얼마만큼의 한계를 느끼기 시작한다. 그러나 오직 아는 일이 시에 대한 생각―충실히 나의 생각을 토로하고 빈 껍질로 돌아가는 길에 흔적으로 남기고 싶은 목록일 뿐이다. 창작순서로 편집했음을 적는다.

2011년 2월에
문사원에서
저자 삼가

목차

말을 감추고 싶다—책머리에

제 1부: 아름다운 슬픔

제1부: 아름다운 슬픔

제1부: 아름다운 슬픔

기다림

지친 날이 지나면
고개 들어 바라보는
기다림은, 멀리 가는
길이 있네
부풀어 희망이 되는
작은 풍선의 흔들림
바람 앞에 서성이는 세상은
점차 꽃들의 향기를 대동하고
물들이는 초록 들판으로
남을 것 없는 사랑 한줄기에
마침내 가슴을 적실 그런
날이 오고 있네 그런
사랑이 웃고 있네.

가슴으로는

바라만 보아도 가슴이 녹는
사랑으로 일어서는 우리는
세상의 물살에서 건져 올리는
빛나는 기억들의 나래에 실린
소식이 그리웁네 하오나
갈 길이 멀리 있어
눈물겨워 애달운 추억을
간섭하는 바람을 알고 있는 날은
울렁이는 마음이 앞장서 흔들리는데
살아온 날들은 푸른 이름만을 고집하는
돌아볼수록 아름다운 그리움
이내 황혼이 왔음을 알리는 산등성이
이젠 고개 숙이는 일로 접어만 지네

꽃이 지는 날의 마음*

꽃이 지는데, 바람은
철없는 몸짓으로
나래를 하롱이네

떠나는 사연이라
아쉬운 마음 깊이
푸른 날은 가고 있어

기억이 윤나는 사월은
이름을 모두어 꽃으로
이젠 한 묶음의 전별 앞에
다시 기억이 흔들리고 있는

아픈 추억 앞에 사랑이
따르지 못하는 마침내
사연조차 물이 젖어
분홍빛 여운餘韻뿐이네

____

* 일본 新宿御苑에서

도쿄 까마귀*

도쿄 하늘에는
이름 검은 까마귀
그 소리조차 까맣다
꽃들은 화사(華奢)의 끝자락
시나브로 지는 봄날 따라
흐느끼며 지고 있는데
검은 상복을 입은 소리가
늙어 떠도는 길손처럼
동경의 까마귀는 여전
검은 날을 지우지 못한
강이 흐르지 못한다고
울고만 있네

---

* 신주쿠 정원에서

꽃들은 피는데

꽃들은 피는데 나는 왜 기다림이
가슴에 차 오르는가 모르겠네
향기가 떠도는 날이라 모든 게
반가운 얼굴로 가득 차 오는데
기다림은 이유도 없이 커지는
이것이 바람 탓이라면 그대는
내 앞에서 우뚝한 그림자일텐데
꽃들은 무슨 일로 성급함이 심해
자꾸 키를 높이어 방해로 아우성인가
봄이라서 서성이는 내 그림자조차
이젠 어디 있는지 몰라 찾을 길 없는
그대의 모습 따라 서성임도
길이 어딘지 정말 모르겠네

봄날의 중심 어디쯤에는

꽃들이 분주한 것과는 달리 조금은
쓸쓸한 그림자로 들길에 서니
바람조차 어딘가로 뒷자락을 숨긴
순서 없이 피고 지는 꽃들의 아우성
자꾸 사람이 그리워지는
멀리 있는 고독조차 어느새
어깨를 마주하고 걷는 길인데 더는
쓸쓸하지 않으려는 마음조차
흔들리는 어지럼에서 겨우 빠져나온
길엔 흰 눈이 쌓이는 아, 바람은 금시
눈먼 헤살로 마구 지나가는데
외려 긴 그림자가 할 말을 잃고 서성이는
이 노릇도 마냥 취할 뿐이네.

꽃비를 맞으며

어지러운 꽃비를 맞으며 들길에 서니
다시 흰 눈이 쌓이는 세상의 향기
살아있음을 가슴에 새기는 이런 날은
짧은 해가 손짓보다 빨리 가는 아쉬움이네

흔들림이 바빠지는 들판에는
덩달아 바람도 서나서나*
나무들의 가지를 휘감는
다시 바람은 그림자조차
걸음을 재촉하라는데

화려한 몸단장에도
감출 것이 없는 서러움도
꽃 지는 날은 울렁이는 이유를
말하지 못하는 어눌병으로 다만
눈에 가득한 풍경화를 바라만보는
병중에도 화려한 병이 들었을 뿐이네

———————
* 어수선히

세상 바라보기

나이 늙어 세상을 바라보는 일이
날마다 새롭네. 예전엔 시간을 끌고
빨리 언덕을 넘으려는 마음이었지만
이젠 머뭇거리는 일도 너무 빨라
어지럼이 뱅뱅, 저마다 홀로
작별도 없이 떠나간 사람들의 소식이
먼 산에 푸른 그림으로 서있는데
시방도 지나온 날들의 그리움에
추억은 마구 흔들리는 날이 소란한데
돌아갈 수없는 강물은 푸른 이름에
젖어 흐르는 일로 멈추지 못하네

행복

봄이 오면 행복이 깨어난다
깊은 어둠에서 건져 올리는 소식은
날마다 신선함에 취했고 추위는 차라리
봄을 위한 역설의 깃발
보피로온 잎새들은 어제를 망각한 체
이름 알리는 일로 분주한데
무슨 선거판인지 허세같은 세상의 물결
휩쓸리는 일이래도 즐겁다

봄이 오면 삶에 감사한다
쓴맛으로 마시는 소주조차 초록에 젖어
입안에서는 푸른 냄새가 날 뿐 차라리
흔덕이는 바람 따라 눈을 감고
짙어 혼절하는 향기를 따르노라면 어느새
망각의 깊이에 빠져 나를 버리는
날마다 깨어날 기약이 아득해도
푸른 캔버스에 새로운 색칠을 계속하는
이름 없어도 행복한 그림쟁이.

꽃비

사월, 꽃비 내리는 날 그대와
손잡고 들길에 서니 세상은
향내 가득한 시간을 이끌고
멀리 길이 열리는 노래가 있네

사랑조차 숨죽이는 꽃들 속에서
내 그대를 바라보는 눈빛
기억들이 바람에 날리는 노래를
듣고만 있는 지금은 황혼

그대의 미소조차 꽃이 되는
사월은 미친 듯 날마다 거짓말로
치장하는 일이 모두인 날이면
소리없이 비를 맞는 향기들

따라갈 길을 몰라 헤매이는 방황 앞에
느닷없이 나타난 추억
당황하여 그만 문을 닫을 뻔 했네

꽃잎 날리는 날은

꽃잎이 날리는 날은
내 마음도 날리고 있네
갈 곳 없어도 가는 것처럼
마음 자꾸 흔들리고 있어
부지런히 길을 찾고 있는

꽃잎만 날리면 참을 수 있어도
향기로 다가오는 취함에는
어지러움도 깊어지는 이유를
말로는 설명할 수없는 혼돈
마음이 떠가는 구름 같네

꽃잎이 날리면 어딘가 떠나고 싶은
바람은 자꾸 그 쪽으로 고개를 내밀고
이런 일도 날이 깊어지면
푸른 숲에 묻히는 먼 마을 소식이
그리워지는 이유를 모르겠네

꽃피는 날은

꽃이 피니 마음 바빠 어정이는
하루는 왜 그리 빨리 가는지
미친 사월을 붙잡을 수없는
바람은 속도 모르고 가지에서
깔깔거리며 꽃잎만을 흔들고

도화, 행화, 앵두 또는 자목련 아니면
벚꽃들, 순서가 바뀌면 어떠리, 땅에
붙어 이름을 달라는 풀꽃들까지
지금은 이웃을 돌볼 겨를이 없어
지나가는 세상 풍경도 바빠 모르겠고

어지럼으로 도는 향기들조차
어느 것이 제 이름인지도 모르는
무작정 바쁜 벌들의 뒷자락은 이미
잔치에 취한 나그네
불콰해 헐떡이는 하루는 그냥
행복일 뿐이네

시가 멀리서 지켜보는 날

싹이 나오는 벌판에
우주가 열리는 숨소리
웃음이 지쳐 쉬고 있는 그렇게
다투듯 저마다 키 높이는 모양

햇살이 손짓하는 가락 따라
꽃들은 저마다 호명을 기다리는
정적靜寂의 순간에 바람의 헤살로
까르르 솟구치는 꼿꼿한 꽃들

사는 일이 천국인 날은
향기조차 취醉해 나들이 하는
경경哽哽
두 눈이 바쁘니 마음조차 문을 열고
무작정 멀리 떠나버린 날에 흥분
시는 써서 뭐하는가
문 앞 처처萋萋*보다 부끄러운 걸

———————
* 풀이 무성한 모양

부처의 귀

마음 열어야 들리는
푸른 풀 나무
싹 오는 소란
세상 가득한
악머구리 장마당
여자들 수다조차 묻히는
산천은 그냥 아우성인데
조용하다 말하는 녹음緑陰
귀가 멀었고 눈이
감겼다. 인간은

아름다운 슬픔

오월의 깊이에 빠지면
환희의 눈물이 나네
바람에 희뜩거리는 커텐 사이로
꿈꾸는 날로 솟구치는 푸른 향기
뻐꾹새 울음은 산천에
졸음보다 깊은 녹색의 이름을 남기고
산은 점차 높아지는 계절
따라갈 수 없어 흔들리는 구름조차
술렁이는 길에서는
세상이 몸을 바꾸는 것 같네

천상의 음악이 들리는 산천엔
새소리조차 기묘함으로 채색되는
이름 모를 풀숲에도 오늘은
밝아 빛나는 관객 모습만이 있어
살아있음의 행복이 손을 흔드네

풍경 .1

어두운 숲 음영이 설레이는
바람조차 무서워하는 오월
그림자는 이미 어둠에 취해
비틀거림으로 남은 시간을 계산하는데
바다가 보고 싶은 태양은 지금
산을 넘느라 헐떡이는
줄기 흐르는 물이 보이네
소박한 표정으로 낮잠 든 아버지의
숨소리가 뻐꾹새 울음에 묻히는 즈음

지칠 줄 모르는 숙제로
살아가는 농부들은
한낮의 햇살을 피해
가을을 맞아들이는 땀이
여전한 희망으로 솟구치는데
실개천은 피곤을 모르는 듯
손을 잡고 마을 돌아
저녁을 마중하는 여인네의 가슴으로
등불처럼 숨어들고 있네

풍경 .2

개구리가 우는 밤은
습관처럼 문門을 열고
바람을 불러 들인다. 도시는
불빛으로 옷을 입은
매춘부의 싸구려 웃음일 터인데
어둠을 헤치는 소란에
책장을 덮고 별을 헤인다

낮을 휘젓던 뻐꾹새는 밤길을
열어주는 달빛을 불러 모아
서성이는 그림자에 줄을 세우고
할 일을 다한 아랫마을 불빛들은
하나 둘 잦아드는데
사랑도 꿈을 만드는지
개구리는 오늘따라 유난히
시끄럽다

벽

피곤조차 마시는 슬픔
벽 앞에서 서성이는 탄식
세월의 길이만큼 길을 잃었다
날 수 있었는데 하늘은 항상
비어있어 자유로웠는데 땅에
내린 뿌리는 언제나 가지 말라
그렇게 붙잡는 목청 앞에
모든 것이 멈추었다. 너무
높고 너무 멀다고 생각했다

풍경 · 3

떠나온 청보리 숲에는
놀다간 햇살이 떨어져
푸른 잎 속으로 들어가는
길이 보이네
헐떡이는 한낮 숨소리가
생명으로 바뀌는 가파른 호흡
나뭇잎에 머물어 흔들어
머리칼을 세는 바람 놀이에
놀라 깨는 산천은 그만
황혼으로 몸을 숨기는 일이
일기장에 적히고 있네

고래희

너무 오래 살았다. 나는
더 오래 살 것 같다. 누군
고래희라고 엄살을 떨었지만
족쇄를 채울 말이 없다. 지금
미수 산수 백수 이렇게 뻗어나가는 실수가
내겐 너무 어렵지만 술 잘 마시고
하루가 짧고 짧은 되풀이
오늘도 이태백만큼 술을 마시고
두보만큼 슬픈 울음을 울었다.

제 2부: 청문회

무게

가급적이면 가벼운 시를 쓰고 싶다
양동이에 물을 담듯 그런 무게는 아니고
가슴에서 녹아내리는 설사 가볍더라도
가슴에서 맴도는 파문같은 그런 시를 말이다
그러나 쓰는 시마다 그놈의 얼굴이 꼭 같은
착각의 유분수를 어찌할 길이 없어
어둠내리는 골목에 들어가 시의 목줄을 겨냥하여
비수를 꽂아놓으려 음모를 꾸미지만
이 일도 발각된 이후 시는 돌아서서
같은 물줄기만 오줌 누 듯 찔끔거리는 일로
나는 시방도 시에게 구박받는
나그네일 뿐이다

착각

나는 항상 보수이다. 그러나 진보라는 무리에서
피묻은 칼날을 본 이후 보수라는 말도 무서워
감추고 살아간다. 만약 내가 선거에 나간다면
진보라는 간판을 유난스레 치장하고 보수의
명줄을 끊기 위해 날뛸 것이다. 그러나 이 초라한 간첩은
어둠이 오는 밤이면 이불을 덮고 울음의 강줄기를
따라가느라 잠을 이룰 수 없을 것이 자명하다
오금이 저릴 것이다

숙제

아침에 일어나 아내를 보면
무섭다. 오늘은 무슨 숙제로
아내의 얼굴에 웃음을 선사할까
지난밤에 밀린 숙제(오해마시라)를 다하지 못한
후회를 펼쳐보지만
아내와 나는 평행의
그늘을 피하지 못하고
서성이는 일로
주눅이 들었다

이미 처녀시절의 아내는 어딘가로 갔고
지금은 성城을 지키는
견고한 성주城主의 위엄으로
내려다보는 장수의 호기 앞에 오늘은
한 다발의 꽃을 들고
공손히 인사를 올리는 연습을 되풀이 하지만
갈수록 어눌한 내 모습에
저녁 강물이 핏빛으로 물들었다.

흔들리는 일만 아득해라

누군들 흐르는 강물 앞에서
흔들리고 싶을까만 이미
그대에게로 마음이
흔들리는 걸 어찌할까, 물살 빠른
마음이 가는 곳은 언제나
산을 돌아 돌아 머무는 이름
세상은 환한 그림이었네
갈수록 안타까워 몸을 일으켜
노래를 불러보지만 닿을 수없는
먼 거리의 그대 이젠
꿈조차 길을 헤매는 일로
다시 흔들리는 일이 다반사인데
오늘은 꽃들조차 아우성으로 피는 일이
얼마나 서두르는지 정신이 없어
나 또한 공연스레 흔들리는 일만
아득해라

장마

- 2010년 대한민국

아이들 촛불 장난을 말리지 못하는 어른 무리
그들의 침묵엔 쉰내가 난다
혀가 꼬부라진 발음으로 치장되는 세상 그래도
축구 공 하나면 모두가 애국을 이루는
단순세포의 나라
배가 두 동강으로 자식들이 죽어도
빨간 풍선을 쳐다보는 두뇌 없는
어른들이 설치는 목청을
(물론 철없는 인간들이다)
아이들이 배우는 망령의 흐름
살기 편해 정신들이 놀러간 나라
육신들만 허우적이는 그래도
강물은 흐르는데
어쩌다 탄식같은 물줄기
시원한 바람 한줄기를
그리워하는 꿈은
그림 속 서글픈 풍경화
지금은 장마 중

고추(시조)

뻐꾹새 울음 따라
하늘 깊어 푸른 날
기다림도 익어익어
오종종
줄기마다
기쁨이 하주렁주렁
얼굴 빛이 붉었네.

동반자

내 여기 서있는 곳
지난 세월도 함께 서있네
그림자 하나 달랑 그렇게
작게 아주 작게
언젠가 지워질 어둠은 아주
천천히 서쪽으로 다가드는데
내가 만났던 사람들의 얼굴
지워지는 방향으로 점차
사라지는 아득한 길만 남았는데
해석 불가의 문제 앞에 그리워지는
내 말은 점차 침묵의 무게에 짓눌려
사라지는 곳을 모르겠네
내 여기 서있는 곳
지난 세월이 따라와
낯설게 함께 서있네

민들레

어디든 날아갈 수 있다는 것은
가벼운 일이라 해도
그리움이 있는 곳은
길을 몰라 끝내 갈 수가 없네
어둠이면 갈 수 있을까
허전을 다독이는 걸음으로
길을 나서면
동서남북으로 마음 가는 곳
바람 탓으로 쌓이는 아득함만
더욱 애절을 불러오네

시름 모아드는 길로 이어지는
지금은 보고픔도 잠이 들 만 한데
하늘을 떠돌면 잡히려나
구름조차 청명한 이름을 쓰느라
땀을 흘리고 이젠
푸름이 깊어만 지네

가벼워 떠도는 나그네의 행로에
한 줄 뿌리 내릴 땅에 서성이는데
따스함이 그리운 방랑의 여정은
다시 바람을 불러 그대에게로 보내는
이름 하나만 새기고 세상 모두
지워야 겠네, 그래야 겠네

인터넷 주문

세상 사고파는 일 모두
인터넷으로 이루어지는데
날마다 짜내느라 고심하는
시 한 편
인터넷으로 주문하면
얼마나 걸릴까
택배차가 올 때쯤엔
주문한 내 물품은 환한 마음으로
포장 뜯는 기쁨을 줄 수 있을까
청맹靑盲의 내 눈에 시는
그렇게 배달이 될까 몰라

교주

더위를 식히려 돌아가는
선풍기를 바라노라면
신도信徒로 만들고 싶다
명령을 따르는
끝없는 봉사와 헌신
돌아가는 일이 사명인
(교주의 명령에 절대복종하는)
선풍기 한 대를 사람 많은
종로거리에 세워 놓고 교주의
주문처럼 위대를 선전하는
바람을 틀어놓아
(어느 종교가 시원한 바람 한 점을 주던가)
끝 모를 설교에서 뒷날
'어 시원하다'를 연발하는 감사
남다른 옷을 입을 수 있으려니
선풍기 한 대면 당당한 교주가 되는
시원한 사실
<천국은 그대가 만드니라>

칼

목을 치고 찌르고 죽이는 무서운 칼 그러나
우리 집 칼은 싱크대 안에서 항상
소용에 부응하는 충성심을 믿고 나는 잠이 든다
음식을 썰고 맛을 더하는 칼질 소리는 때로
음악보다 더 깊은 가락이었다. 그러나 어느 날
느닷없이 일어나 칼춤을 추는 꿈
가슴을 난자 당하는 맹위 앞에
피투성이가 되었다. 이제 나는 늙어
적개심의 표적이 되었다
'늙으면 죽어야 한다'는
어버이의 말씀이
높이 있다.

마음

어디 있느냐고 묻는 손녀에게
엄마에게 물어 보랐더니
가슴을 가리키는 엄마의 손끝을 보고
"아, 마음은 몸 안에 있데요"라는 4살짜리
대답에서 나는 주저 앉는다

"마음 없이 사는 사람 있느냐"고 묻고 싶지만
다음 말이 무서워 내려놓는 질문
"많이 있어요"라는 말이 나올까봐 숨죽이는 조바심에는
아득한 강물이 흐르고 있었다

마음을 내 몸에 담고 살았어도 그것이
무언지도 모르면서 여전히 찾아나서는
방황이 짙어지는 황혼 앞에
내 나이는 헛것의 의상을 걸치고

하얀 마음을 찾아나서는 날이 날마다
서성이는 발길로 돌아오는 일이

밤이면 마음을 재우느라 여념이 없어도 다시
물어볼 수없는 내 질문에는
유난한 시장끼가
마음을 부추기는데
이 욕망의 잔가지에는
여전히 안개로 가린 풍경이
서성이고만 있다.

청문회

청문회마다 잘못 이사移徙 간 사람들이
자식을 팔거나 아니면 아내가
아파트를 사기위해 옮긴 주소를 변명한다
단 한 번도 이런 일을 못해본 나는
장관자격이 없는지
대통령으로부터 연락이 없는
서글픈 청렴
이젠 쉰내가 난다

하얀 양심을 지키는 일이야 말로
하얀 마음을 가지고 산다는 일이야 말로
물이 들기 쉬운 일이지만
지켜야할 정조情操라면
지키는 일이야말로 성城을 갖는 일
오늘은 비가 내린다

대통령, 장관, 대법관, 무슨 자리에는 항상
변명이 우글거리는데

"여기, 여기요, 청문회 무사통과할
사람 있어요"
....
"깨끗한 것이 쓸모없는 세상인가보다"

다시 청문회

내가 청문회에 나간다면 아마도
신문에 대서특필할 것이 있을 것 같다
군대문제 – 60세 이상 부모를 모신 자식은
의가사제대라는 이름이 있어 법따라 연기, 연기
취직할 수 없었던 70년대를 지나 자식 둘 둔
가장이 방위소집으로 훈련 받던 날
눈이 왔다. 슬픈 눈을 맞았었다
여섯 달은 서대문 구청에서 – 이게 신문에서는
군대회피라 할 것이지만 이건
깨끗한 일이다.
논문 이중게제에서는 할 말이 없다. 학술지에
다시 잡지류에 실었기 때문이다. 그러나 이는
고료 없는 잡지에 그리고 문학논문의 특성이래도
아마도 나는 이런 행위에 사과할 것이다. 굳이
작은 허물을 찾는다면 그것 또한
티끌로 있을 것이니
나 또한 부도덕한 후보자
"사퇴하겠습니다."

꽃이 지는 날은

꽃이 지려는데
바람은 일어
마음 조바로움에
서성이는 나무들
저마다 산발散髮로
흔들리네

젊은 날 멀미로 하루는
그렇게 지나갔는데
가슴으로 오는
파문을 셈하는 눈에
젖어진 이별 이젠
돌아가는 일조차 침침한데
살아서 행복한 그림자는 점차
길이 아득해오네

제 3부: 내비게이션

제 3부: 내비게이션

여행 — 여정 .1

애당초 떠나고 싶은 길은 아니었다
운명의 돛이 휘날리는 여행은
내 어버이의 손에 이끌려
세상의 문을 여니
아름다움과 뒤섞인 이름들이
저마다 손을 들고 찾아왔다.
그 이름들을 익히느라 어린 날을 보냈고
파도 일렁이는 바다와 높아 서러운 산 아래
사는 사람들을 만나 울고 웃고
구분이 어려운 것을 익히느라
장바닥에서 아우성을 익혔다
세상은 점차 넓어졌고
유영遊泳하는 나의 수영 솜씨는 점차
세상의 중앙에서 서성이는 일도
많아졌다. 한 여자를 만나 더불어
꿈꾸는 이름을 붙이느라 밤을 지샜고
그때 다가온 운명의 동반자들이
마침내 내가 살아온 길에 풍성한

노래를 합창하기 시작했다. 이제
그 화음의 줄기가 이어지면서 나의
오페라에는 점차 줄거리가 재미를 더했고
지금은 클라이맥스의 중앙에
높은 탑이 올랐고, 종소리가 울리고 있다
내 여정은 귀국을 서두르는 길이 아니다
푸른 숲의 바람과 꽃들만이 아는
조용한 들판에서 멀리 하늘 끝을 응시하는
가락이 내 몸을 위호衛護하는 그런
신비가 이어지고 있을 뿐이다. 어디 까지 갈지
모르는 여정에

돌아보는 길 — 여정.2

모든 걸 써버린 허전이 올시다
돌아보는 여정은 마침내
포물선을 그리는 먼 소식으로
추억이 그림자를 남기는데

아직도 바라보는 길은 멀리
어른거리는 뒷자락 그걸
따라가려는 마음은 서성이지만
섬광처럼 지나간 나날들의
소식을 묻고 있는데

그리운 사람들을 한번만이라도
만나는 길이 있다면 묻고
다시 물어 땀을 흘릴 터인데
산자락엔 여전히 구름만이네

모든 걸 써버린 허전 앞에
무료조차 값이 없어 흔들리는
아득한 여정이 이젠 보이지 않아
깊어서 푸른 한숨입니다.

내비게이션 — 여정 .3

아침에 갈 길을 정하고 신들매를
묶었습니다. 들어가는 길은 설레임으로
다시 묻어나는 흥미였습니다.
남의 일생을 보는 것은 재미이지만
내 인생을 보는 것은 때로 후회와 슬픔
고쳐 갈 수없는 길이 이어지는
현기증은 마침내 내비게이션을 달고
그냥 무작정 달리기로 했을 때
두려움은 다시 그림자를 끌고 오느라
땀 흘리는 광경은 어디선가 보는 듯한
친근함이었습니다. 내가 나를 못 알아보는
이 우둔한 노릇도 밤이 되면
켜켜이 쌓이는 어둠을 덮고
꿈을 찾아 길을 나서는 액자額字여행은 지금도
내비게이션을 믿고 가는 초라함입니다.

청문회 준비 중 — 여정 .4

살다보니 정답만을 고집하고는
살 수없는 이치를 알았습니다
때로 남의 답안을 내 것으로 삼아
길을 가다보면 어디선가 낯익은
아, 아, 내 답안을 안고 살아가는
이방인을 만나 그의 이야기를 흥미로
듣고 가는 길의 재미를 벗 삼을 때면
오히려 내 것이 없는 넉넉함에
밝은 달빛 같은 사랑도 껴안습니다.
빈공간이 커져오는 이런 이치에서
내 철학은 점차 부피를 더하는데
어느 날인가 내가 쓴 책들의 언어가
일어나 무엇을 증언할 것 일까를 노심초사하는
내 청문회는 지금 준비 중입니다

아내의 얼굴에는 — 여정 .5

어느 날 자세히 보니 아내의 얼굴에
가는 강줄기가 보입니다
이리저리 마구 길을 만들고 있는
사통오달의 시간이 숨 쉬는 길 앞에
초라한 물음은 마침내 방랑에서 돌아온
내 아버지의 얼굴일 때 나는
울고 싶습니다. 하지만 아내는
젊은 날의 추억을 꺼내들고
자랑삼아 이야기를 건너가는 실개천에
작은 물고기들이 뛰노는 푸른 음표를
읽고 있으니 노래가 됩니다 살아 있어
추억을 되돌리는 여정이 아름다워
서러워도 소중한 영상입니다

재산 목록 — 여정 .6

내가 무엇을 가지고 있나
목록 작성이 어려워 그만
잠이 들었습니다. 그러나 숙제 안한
불안은 아침을 어둡게 칠하고
맛을 앗아간 숙제의 목록 앞에
헤아림이 점차 몽롱해지는데
도움을 청하는 일이래도
한 가지도 없는 허망의 그림자
투기꾼으로 살아볼 것을 추가하는
후회를 쓸 수가 없었기에
내 재산은 오로지 행복이라는
한 가지 목록으로 제출되는
답안은 낙제를 염려하는
초라한 변명뿐입니다.

묻고 가는 길 - 여정 .7

안심이 될까. 길이 길로 이어지는
누군가 갔던 길이거나
미답未踏으로 자취가 없는 여행
서성이는 마음으로 아무렴
갈 수밖에 달리 길이 없는데
누군가에 물어야 안심이 되는
그런 마음을 데리고 사는 여정에
홀로 길을 걷습니다
묻고 가는 일도 정답이 없다고
말하는 사람들을 지나치면서 다만
별빛을 바라보는 눈으로는
유성이 어린 날의 추억을 살찌웁니다

동행—여정 .8

길에서는 누구를 만날까에 흥미가 솟고
누구와 함께 가는 동반의 재미와 슬픔이
교차로를 만들고 있지만
돌아보면 모든 게 운명의 이름표가 붙어 있네
한때는 "비켜라, 운명아 내가 간다"를 외쳤지만
이제 그런 오만의 골목은 사라졌고
다가오는 물살에 때로는 신음하고 더러는
재미보다 높은 탑을 쌓고 그렇게 가는
동행은 아름다웠다
누구와 가는 길인가를 헤아리는 오늘도
내 여정의 깊이는 다만 의미의 족적이
때로 지워질지라도 돌아보면 그리운
풍경화일 뿐입니다

풍경—여정 .9

사랑이라 하자 모든 걸
어느 지점에서는 사랑조차
따라오는 그림자가 될 때
아름다움의 순수가 멀뚱히 서서
기다리는 이름으로 불을 켤 때
우리 집 웃음소리가 저녁 식탁을
맛으로 채우고 있는 정경을
나이 70이 넘어 비로소
소중한 그림으로 그리기 시작했네
이제 이 그림의 완성을 위해
잔명殘命의 짧은 순간 앞에
서성이는 일 없이 다만
몇 방울의 땀을 물감에 섞어놓으면
내 인생의 칼라는 얼마나 황홀하려나

목적 — 여정 .10

사는 일은 파도와 같더라
이리 쏠리면 그리 가고
저리 바람 불면 이리로 가는
내 의도는 항상 어긋난 좌표 앞에
때로 폭풍을 만나 운명을 부르고
기도하는 일도 있었네

사는 일은 바람 앞에 서 있는 모습
기울어야 하고 때로는 쓰러지는 일도
정정한 나무에게는 숙업宿業이거늘
어디 내 마음의 행로行路에 주인이던가

이제사 해답을 들고 뛰어보지만
이도 헛것으로 돌아가는 종점에선
파도와 바람의 소리로 머릿속을
채우고 흔들리는 일 모두
그러나, 그러나
한그루의 나무를 위해 나는
용을 쓰고 있다
용을 부리고 있다.

계산 — 여정 .11

마트에서 계산서를 받아보니 비로소
내가 산 물건들이 다가온다 입맛을 다시며
한 잔의 소주와 한 컵의 맥주와
뒤섞이는 상상을 즐기면서 우리 집
대문을 열자마자 꼬리 젖는 개
그놈의 입맛은 어떻게 알았는지
물건 목록을 모조리 헤아린다

알고 가는 길이 있는가
눈감고 가도 결국 밤에 도달하는
내 잠자리는 따스했고 꿈이
무슨 복권처럼 다가올 때
그놈의 오줌은 또
훼방의 깃발을 흔든다
내 계산은 항상 착오로 얼룩진
내 어린 날의 아침 지도

길 – 여정 .12

쉬고 싶은가. 생명은
계속 가는 길만을 고집하는데
나무그늘아래 작은 자리를 잡고
흐르는 실개천 혹은 구름을 보는
두 눈에 담겨진 자유의 초점
사는 일은 갈수록 미궁이지만
햇살 맑은 하늘만을 바라보는
순간에서 순간까지의 거리
거기 담겨진 선물을 보노라면
인연의 줄기가 보인다. 사랑이
커져오는 길도 따라오고 있다.

주례－여정 .13

그대와 나를 합하면 우리가 되는
걸음을 옮기면서도 하나이기를 소망하는
입장순서. 그 거리距離는
평생을 걷고 가는 시간이있다. 난壇위에서
주례는 가장 짧게 인생을 축약하느라
지난 밤의 마련한 교훈서에는 이미
듣지 않고도 안다는 하객들의 웅성임이
물들어 있었다. 해도 주례자는
되풀이, 되풀이를 역설하지만
인생은 알고 가는 행진이 아니었다. 다만
신랑과 신부는 웃고, 웃는 하루가
길게 느껴지는 이유는 뭘까

기억들의 반란 — 여정 .14

알고 있는 것은 모조리 다시

검토의 항목에 들어있고

다가오는 것들은 눈먼 방황으로

떠도는 일이 모두라 해도

아는 것과 모르는 사이

항상 거리는 이웃처럼 부르는

서로의 신호 앞에

기억들을 꿰맞출 수없는

오늘은 비가 내리는 풍경

내일의 청명을 기다리는 또다시

기억들은 쌓이고 쌓인 창고에서

방출을 기다리는 순서 앞에

무엇이 소중한 이름이었던가

명품을 갖지 못한 가난이

오히려 따스한 오후에

햇살 한 자락을 덮고

낮잠의 긴 여정이 오히려

행복이었네

가벼움의 깃털 — 여정 .15

내가 만약 다시 되풀이

필름을 돌려 젊은 날로 간다면

무엇을 먼저 할 수 있을까

거추장스런 의상을 벗어넌지고

알몸으로 떠도는 이름 그런

자유를 맞이하고 싶다

또 다른 소망이 깃발로 올라가면

홀로 먼 이방의 나그네가 되어

터벅이는 산길 조용한 언덕에 누워

하늘 푸른 날을 상념想念하는 그런

그림을 포옹하고 싶다

그러나 돌아온 골목어귀

바람이 삽상颯爽을 재촉하는

재빠른 뒷자락을 밀쳐두고

느린 걸음으로 다가오는 황혼

한 잔 술에 입술을 맞대고

작은 의자에 앉아

지는 해를 바라보고 싶다

이저도 좋은 것들을 밀쳐두고
달빛이나 불러 앉혀놓고
작은 불빛아래 소곤거리다
끝내 잠이 드는 가벼운 모습
아내와 나의 길이 같아지는 꿈
그 길을 걷고 싶다

기러기 – 여정 .16

나가 놀고 싶었다. 숙제를 받고 돌아온
하학 길의 분주함에 조바심의 두 다리는
설렁이는 바람처럼 숙제의 끝은 글자가 휘어졌고
친구들은 언제 숙제를 마쳤는지 지각을
즐기는 나와 선생님과의 거리가 있었지만
그땐 몰랐었다. 앞자리에 가는 일은
늘상 불안이었고 초조가 앞을 흐렸다.
하늘을 배회하는 기러기처럼 살아온
내 여정은 풍경이 아니었고 신음이었지만
이도 돌아보면 황홀하고 아름다운 경관
그래 돌아가고 싶은 향수병에 지난 것은
항상 아름답다는 그것이 전부.

메이드 인 코리아 — 여정 .17

인생이란 무엇인가를 묻고 묻고
그렇게 돌아온 날이지만
만족을 모르는 부피는 점차 커지고
방황의 바람 서성이는 내 책 속에는
부호로 둔갑한 낱말들이 당황케 하는
저무는 날은 다가왔고
잠 못 드는 날의 수면제는 효과가 반감된
불면의 늪에 긴 그림자의 호소

내 책은 책이 아니고
돌처럼 굳어진 화석 덩어리
빠른 속력 KTX에 올라타
좌석이 불안하여 눈을 뜨지 못하는
대한민국의 백성이 되어
수출 선적을 기다리는 부두에
찬바람 오는 밤이면 몸살처럼
몸이 가렵다. 내 이름은 계속
메이드 인 코리아로 살아온
순종

제 4 부: 친구들

가을 소나무

노송산 소나무 아래는 엊그제
강릉바다에서 보고 온 파도가
놀러왔다. 가지 사이로
구름이 흔들리고 파도는
하늘을 담아 다시 흔들리고
먼 마을을 휘돌아나가는 강줄기가
빛으로 반짝이는 들판 더불어
색깔을 일구는 가을로
전별餞別을 준비하는 세상은
파란 대답 뿐, 먼 소식에
귀 세우는 파도는 다시
강릉 바다의 이름을 쓰고 있다

세 사람의 젊은이가 의좋게 살아가는 마을에 씨앗 한 봉지를 불리는 궁리를 하는 촌장村長이 있었다. 마음은 좋아도 궁기窮氣로 그날 그날을 살아가는 젊은이와 지혜智慧로 꿈을 불리는 인내의 젊은이, 그리고 부모 유산遺産을 가지고 땀 흘리지 않고 편하게 살아가는 젊은이 – 세 젊은이를 불러 쌀 한 됫박을 주고 어찌하면 그 쌀의 양을 불려 올 것인가의 숙제를 주었다. 궁기窮氣의 젊은이는 배가 고파 반쯤을 떼어 양식으로 하고 그 반만큼의 쌀을 심어 많은 소득을 기다렸으나 숙제는 원래의 무게를 거두었고, 지혜智慧의 젊은이는 한 됫박의 양을 모두 심어 두 됫박의 소득을 악착스레 올렸다면, 유산遺産이는 그만 게으른 놀이에 빠져 시기를 놓치고 탄식하고 있었다. 궁기窮氣는 계속 앞으로 더 많은 양을 달라고 아우성이고, 지혜智慧는 더 많은 욕망의 증가를 위해 밤낮을 가리지 않고 땀을 흘리는 일상으로 희망의 불을 켜고 있었지만, 유산遺産이는 그만 탕진의 그늘에 허우적이는 어느 날, 촌장은 고민의 그늘을 걷고 지혜에게 상賞을 주어야 하지만, 친한 두 친구에게 나누어주고, 뜯긴다면 마을의 미래엔 무슨 불이 켜질까?

만추

*잠자리 날개에
가을이 푸르게 얹혀
서성이는 날 색깔로
다가와 문을 두드리는 들판
길을 재촉하는 지금은 모든 게
멀어지는 이유 때문에
시름겨운 기억들이
나뭇잎에 매달려
겸손으로 키를 낮추는데
목마른 사랑은 아직도
돌아오기만을 기다리는
젊은 날의 음성
문을 열어 놓았습니다
기다림만 있습니다

친구들

세상을 서성이다 하나 둘
사라지는 소리가 들린다
어디로 간다는 말도 없었지만
자고 난 아침이 허전한 것은
전해 온 음성만이 아니다
침침한 눈에 어른거리는
추억들은 모두 돌아가는 길
소식을 묻는 일조차 아득한데
먼 산이 가까워지는 이치를 두고
지난 밤은 꿈조차 기웃거리듯
하늘을 떠도는 구름은
대답처럼 웃고 있다

허무

사는 일 허무라 말한다 젊은 날은
욕망이 그림자를 키웠지만 이도
산을 넘노라 닳고 닳아
내려온 마을 이젠
골목에서도 찾을 길이 없는

하늘로 날려 보낸 푸른 음성은
초록 들판에서 땀을 흘리는 강을 건너
먼저랄 것도 없는 순서가 헷갈리는
사는 일 오로지 미지수의 셈본인 것을

돌아보는 일이 습관으로 고정되는
오늘은 바람에 흔들리는 가을길섶
나무들의 안부가 걱정인데
마지막을 장식할 표정이
망각 앞에 서서 슬픈 선서를 읽어가는
허무는 속도를 높여 길을 빠져 나간다

그림자의 노래

아내는 도자기 만들러 학교에 갔고
골목을 바라보는 눈은
해지기를 기다리는 노래를 읊조리지만
다시 노래를 만들어야 하는 긴 갈증
하루는 점차 모가지가 길어진다
시간 속을 서성이는 그림자는
무료조차 안타까운 황혼
아름다움보다 그리운 채색은 끝내
골목을 바라보는
노래의 꼬리가 길뿐
기다림을 소화하는 위장에
따라오는 불협화음
신호보다 먼 발걸음은 여전히
가슴에서 흔들리는 한줌 추억
기다림은 때로
아름다움이 전부가 된다

인간과 신

인간은 신을 만들었다 다시
신은 인간을 만들었다
이 둘 사이에는 바람이 왕래하고
바람은 다시 신비를 조장한다

무엇이 있다 말하고 또
무엇도 없다 말하는 왕래
그러나 어디에서나
풀들이 고개를 흔든다

긍정일까 아닐까는
해석의 날을 어떻게
바라보는가의 차이
이 미궁의 답안은
있는 것 같다
없는 것 같다 그러나
없다

나를 찾아 나선 날

나를 찾아 나선 날은
울음이었다 그리고
띠뚝거리는 발길로 어딘가
목적을 정히느다 섦은 날은
방황했고 다시 마음을 집중하여
어딘가로 가야하는 뜻으로
울음을 감추고 태연한 척
표정을 만들고 있었다
대신 울어줄 자식들과
작별이 가까워지는 날
강물이 흐르는 하늘을 보았다.
내가 쓰는 일기장은 점차
부피만큼 허무하단 뜻을
적느라 오늘도
궁리가 고작일 뿐
하얀 여백위에
할 말이 없다.

가을 그리고 섹스폰

가을이 깊어지는 날은
마음조차 가벼운 바람결인데
나무들은 숨죽이는 이름으로
길을 묻는 소리가 서늘한 기운

누군들 돌아온다는 소식이
그리움이 아닐까만
오늘은 그늘아래 친구의
섹스폰 가락으로 젖은 하늘에
가슴을 묻는다

갈증 따라오는 마음이 아쉬워
서성이는 눈동자에
기어 가을 물이 드는 전갈

하늘로 가는 가락조차 아쉬워
길을 내는 고음高音에는 반짝이는
강물도 가을 길을 묻고 있다.

이별 앞에 선다면

내 만약 마지막 이별 앞에 선다면
누구에게 무슨 말을 할 수 있을까
가을이 낙엽으로 서성이는
오늘은 말의 허무를 심는다
물을 주고, 정성을 주고
마음 다해 바친 사랑 그러나
숭숭한 빈 공간의 회오리
날아가는 것은 항상
앉을 곳을 셈하지만
시나브로 떨어지는 바람의 자락
그 끝에 매달린 슬픈 목숨인 것을
지워지는 마지막에서 마침내 도착한
시선의 끝 거기엔 다시 돋는
계절의 약속이 자리하건만
그림자 없는 메아리의 전달
허무는 숨죽이고 있다.

허무 변명

옷을 입을수록 허전해지는 이유가
계절의 깊이만은 아니다
또 벗을수록 허전해지는 이유도
알 수없는 변명 앞에
무엇을 탓할 사연이 아닌
내 허무는 오랜 길을 달려온
쉬고 싶은 이야기 탓일까
돌아보는 길이 아스라하고
앞은 점차 침침한 시야
계절은 또 속도를 높이는
섣달을 바라보는 언덕 위에
여전히 바람은 나뭇잎을 흔들면서
살아있음을 알리는데, 오늘은
가을도 길을 잘못 들었는지
나뭇잎을 마구 떨어뜨리는 연습이 심하다

나도 그랬을까?

슬픔의 학교

산등성이 걸린 낙조를 따라가노라면
어느새 어둠이 다가와
깊이 아슬함으로 데리고 가네
저항 할 수도 없는 겨를
멈추는 일을 모르는 세월에
그 세월 몇 구비를 넘어도
내 슬픔의 학교는 여전히
흔들리고 있네
나갈 길을 잃어버린 두 눈
어둠만이 친구가 되어도
졸업 날짜를 미지수에 맡겨두고
허우적이는 걸음으로 여전히
걸어야할 숙제가 있네. 아직
숙제가 남아 있는 학생이네.

사랑의 숙제

보여줄 수 없는 그런
사랑이 있네
마음 허허로워 펼치는 때마다
문을 열고 찾아 오는 이
그리움의 길을 묻는 일이
아득히 먼 소리로 묻힐지라도
청명함에 하늘을 두드리는
쟁쟁錚錚 날이 날마다
손님처럼 찾아와 서성이는
아, 바람만이 아는 이름이네

문을 열고 싶지만 아직도
이름을 모르는 사람
낯선 방문객에 놀란 가슴
시선을 감춘 채 두리번거리는
어정―버정 뛰는 숨결
푸른 풀들이 웃고있는
내 사랑은 지금도
수업 중에 있음.

슬픔학교 졸업생

슬픔 학교의 졸업생입니다
서두르는 날짜를 받아두고
졸업가를 연습하는 오늘은
후배들이 없는 오로지
텅 빈 공허에 이름을 적습니다
앞에서 끌어주고 뒤에서 밀면
가는 길도 홍성일 터이지만
눈물이 길을 내는 길만이
외로워서 더욱 선명합니다

슬픔 학교에 마지막을 고하는
식장에 걸린 깃발, 추억의 골목은 다시
기다림으로 문을 바라볼지라도
종소리는 바람 모을 힘이 없어
공허의 하늘만 깊어집니다

시선을 모아 적어 썼던 교훈들이
바람에 날려 떠날 준비로 서두르는

노래의 가락은 지금 추워오는 언덕으로
마지막 졸업가를 합창하는 강물 따라
조용조용 발걸음을 옮깁니다

다시 문이 열릴 날을
기다릴 뿐입니다

낙제생

자고 일어나면 내 여인은
불만이다. 무뚝뚝하다느니
여직도 사랑한다는 말을
들어본 적이 없다느니 등
그녀의 말을 믿는다면 나는
사랑 학교에 낙제생
구제해줘서 고마운
서글픈 학생
그럴 것이다. 언제나
저만치 떨어져서 길을 가는
보폭마다 돌아보고픈 마음일지라도
마음에 감추고 숨기는 것으로
사랑의 이름을 쓰는 일이
굳어져 서글픈 낙제생
황혼이 아름다운 날이어도
담겨있는 마지막을 위해
어떻게 사용할 줄 몰라 방황하는
졸업날짜를 기다리는 일조차
잊고 사는 낙제생의 슬픔
가슴만 시리다

허울

벗어놓고 싶다. 세월의 무늬
불어온 바람 앞에 갈아입고 싶은
희망의 날은 또 저무는데

가슴 흔들리는 목록만을 남긴 체
고개를 넘어가는 페이지, 거긴
이방의 목소리로 배회하는

젊은 날 무심결에 버린 답안지
목쉰 필요를 부르는 이젠
갈증의 표정무늬가 번지는

그런들 무슨 소용이랴
벗어놓고 바라만 보는 날들은
다시 추억뿐인 것을
되돌릴 길이 없는 추억뿐인 것을
부르는 노래가 되어 떠도는
그런 운명인 것을

가을에 길을 묻는 사람

떠나고 싶은 마음이다. 어딘가
산허리 구름이 쉬고있는 멀리
사람들 체온이 마을 곳곳에
꽃으로 피어 바람으로 흔들리는
살아있는 미움과 아픔 그리고
사랑이 합하여 불을 켜는
불빛조차 정다워 쉬고 싶어
가고 싶은 곳

걱정없는 걸음마다 가락이 살아
세상은 점차 풍경화로 채색되는
가을 길에서 만나는 사람에게
가벼운 목례로 지나칠지라도
따스함이 고와 눈을 맞추는
사람 내음
희망을 캐는 둥성이엔 이미
가을 물이 젖어
할 말을 모른 체 무심결 지나고 있어

한참 바라보아도 낯설지 않는

그 곳

돌아가 쉬고 싶다

종점

여기는 종점입니다. 갈 곳이 없는
종점입니다. 모두 내리십시오.
어딘가 갈 곳이 있어 멈칫거리는데
그렇게 명령을 내린다
거역할 수없는 일이 슬픈데
아직도 갈 곳이 있는 것 같은데
내려서 어디로 갈 것인가
해답이 없는 황혼은 어둠을 불러오고
불빛들이 비웃고 있다
초라함이야 입고 있는 의상
종점을 기록한 승차권의 표정 앞에
명령을 내리는 당신은 누구인가
기도는 정답을 알려준다는 장사꾼들이
고개를 끄덕이는 붉은 첨탑위에
별들은 비웃듯 달빛과 손을 맞잡고 가는데
거기 동승의 승차권을 받지 못한
헤매는 밤은 다시 어딘가
떠나는 꼬리가 길다

여긴 종점입니다. 한사람도 빠짐없이
내리십시오. 모두 내려야 합니다

절망 연습

돌아보니 90의 절망과 10의 희망이
혼숙이었다. 그래도 잘살았다고
위안하는 일로 날마다 마음을 설레게 했지만
이젠 자유의 깃발을 들고 큰길에서
소리치고 싶다.

무거워지는 사람의 체온에서는 신물이 나고
어지러운 말들을 거두어 짊을 지고
어딘가로 작정없이 혼자 떠나고 싶다
길을 묻는 일이 점차 어눌해지면
시골 간이역에 눈을 붙이고
기다림을 깃발로 삼아 외롭고 싶다

자식들의 소식이 문 앞에 이르면
웃음 한 번으로 작별을 고하고
지난 시절의 아득함을 저장하는 노래
추억은 풍경화로 다가 들 것이지만 이도
흐르는 강물아래 마음을 씻을 것이다

90의 절망이 오히려 10의 희망보다
더 가볍다는 것을 알기까지 내 70 생애는
파도와 바람과 햇살과 눈보라의 심장에서
꺼낼 수 없는 답안을 늦게 알았으니 이도
죄 중에서도 큰 죄일지 몰라 여전히 어설프다

달빛 냄새

우리집 마당에 내려온 보름달에서는
달빛 냄새가 난다. 우윳빛
청순함도 그렇거니와 노랑 국화에
머물고 있는 이슬에서는
눈망울 같은 반짝임이
추억의 여인을 찾아 나서고 싶어 한다

깊은 달빛에서 흘러나오는 선율은
그림자에 취한 비틀거림조차
아름다운 강물로 흘러가는
사랑도 그렇게 은은했으면
속살까지 파고드는 출렁임이
서성이는 이름으로 다가든다

깊이에 이르면 꿈으로 일어설까
달빛 옷을 입은 나그네
서성이는 뜨락에
스미듯 찾아온 하얀 미소
잠 못 드는 나를 찾아
어디쯤 오고 있을까

제 5부: 불확정성의 원리

늦가을

기운을 돋우던 풀들도 점차 스러지는
들판의 쓸쓸한 풍경
걸음을 옮기는 일이 외롭네. 꽃들
향기는 이미 어딘가로 갔고
하늘이 높아지는 오늘 같은 날은
바람 길을 벗어나 늦은 가을 햇살받이
작은 골목을 걷고 싶네

사람의 자취가 그립고
마을회당에 모여 앉은
늙은 나이의 호소가 점차
연탄불 체온에 맡기는 푸념조차
문풍지에 스미는
아아. 쓸쓸함의 입맛, 그나마
다정으로 흐르는 주름살에
강물 같은 말이 따스해서 좋네

설혹 길을 묻는다 해도 지난 날들
침침한 눈에 다가올 리도 없는
희망은 어디서 꿈을 키우고 있을까 그래도
돌아보는 마음에 다시 햇살이 그리운 지금은
배회하는 바람의 꼬리를 바라보는 일이
얼마나 깊은 후회의 목록인가

가슴에서 눈으로 다시 가슴으로 오는
짧은 시각에 사랑과 추억들은 모두
이방의 옷을 갈아입고
들판을 배회하는 가락으로 서성이는
가을날은 마침내 기울고 있네

쓸쓸함의 미각

곁에 있던 사람이 외출중일 때
찾아온 시장끼가 두리번거리면서
무작정 다가온다

돌아 온 허기 앞에 서성이는
가을 날씨 같은 바람이 돌아나가고
텅 빈 세상은 점차 외로움의 의상을 걸치고
기다림을 만나는 일이 시급한 지금은
쓸쓸함의 미각에 시린 마음
차가운 들판을 돌아 날으는
새들의 날개엔 아직 기운이
남아있는 것 같은데

조락凋落을 근심하는 가슴으로
따스해서 안온한 물줄기가 차마
그리워 입을 닫고 있는 날들의 허기 앞에
맴돌아 파문을 바라보는 눈에 강물이 차갑다
기다리는 사람은 아직도 기척이 없는데
대문을 뛰어넘는 바람만이 소리친다

가을에 쓰는 시

긴 글을 쓰기엔
짧은 시간, 바람이 실어간
햇살이 아쉬워서
시를 쓰기위해 흰 여백에
마음을 모아보지만 이도
가슴 시린 체온을 덮지 못하는
별빛조차 창백하다

긴 여정이 멈추는 간이역
작은 종이 소리치는
갈 길은 멀리 있어 초조한
마음 곁에서 시는 마냥
울고 있는데

불빛이 손짓하는 등성이
그리움으로 자라던 풀들이
시든 꽃들을 남겨두고 떠나는
시간을 또다시 여위어 가고

멈추지 못하는 기침에는
남겨놓은 것들의 신음이
길을 잃었다

명상

고요가 지켜주는 호수
바람이 왔다간
머리칼 몇 낱을 헤아리며
없는 듯 가버린 정적

나뭇잎 몇 개 가을을 들고
어딘 듯 가고 있는 하늘도
푸른 이름에 숨느라
홍조빛 나무위에 머물고 있는
마지막 햇살

계절이 넘어가는 빈 페이지에
발자국 소리 가슴에서 배회하며
갈증으로 기우는 하루는
잊고 있던 메아리를 불러올 때

함께 가기를 자청하는
사랑, 그 이름이 오는 날에는

조용함조차 길을 잃고

흔들리고 있는

이 일을 어쩌랴

가을 햇살 앞에 앉으면
돌아가신 어머니가 다가온다
반가워 일어나면 그림자가
먼저 일어나 숲으로 가는 일이
빛을 받아 반짝이는 나뭇잎에
쓸쓸한 자취로 흔들리는데
서걱이는 소리가 문득, 어린 날에
기억을 불러오는 골목은 흥성였는데
어머니의 부름으로 허기를 채우고 다시
골목을 점령하려던 호기가 생각난다.

가을 햇살 앞에 앉으면
무작정 울고 싶은 물길이 트이고
실눈을 뜨고 앞을 바라보는
먼 산이 추억보다 멀어진 것 같은
오래 살아 복된 것도 이젠
체념의 강을 건너 온 지혜려니
손에 잡히는 바람 한 줌을 들고

방으로 들어가는 쓸쓸한 그림자
다만 그러하옵니다. 어머니

석불石佛

그리움이 지는 석양에는
달빛조차 지각을 한다
돌아가는 하늘 끝 어딘가
추억의 이야기가 들려오는
젊은 날의 사랑을 다시
만날 수만 있다면
연무 낀 강가 혹은
숲길 이어진 산등성이 어디쯤에
고운 여인을 만나는 이야기
꿈길 환한 달빛 그림자를 만들고 싶다
걸음마다 따라오는 옷자락소리
가을은 이미 깊어졌는데
눈자위에 머무는 추억은 다시
내일의 길을 찾느라
별들의 수런거림이
들려오는 하늘아래
돌아 갈수만 있다면
그런 길이 열린다면

바라보는 미소로 서있는
석불石佛이 되고 싶다

고독이 저무는 즈음

누가 가져갔을까 내 마음을
텅 빈 무료가 자리한 공간
따라갈 수 없어 서글픈 바람이
앞장 서 달리는 골목으로
그림자는 언제 사라졌는지
찾을 길 없는 시선의 고독
다시 혼자가 된 공허에
초라한 마음이 앉아 있네

슬픔이야 언제라도
입을 수 있는 의상
펄럭이는 뜻이 아까워
붙잡고 물어볼 요량으로 문을 열었네
다가온 추위가 서성이는 이마에
불현듯 먼 산이 다가온 뜻
저무는 날은 빠른 걸음으로
아 아, 문을 두드리는 일은
바람만이 아니었네 여전히 팻말이 걸리는

푸른 산 어디쯤서 들려오는
내 몫으로 정해진 고독
누구도 찾아 올 리 없는
성城이었네

가을의 무게

얇은 햇살이 무게로 다가와
등에 내리는 감촉
없는 듯 찾아온 엷은 졸음이
길을 만드는 오후 세 시
지워지지 않는 먼 산에
흐린 안개가 속절없네
하릴없이 다가온 소식들은 모두
흐르는 실 강을 따라갔고
시간에 주저앉은 들판은 텅 비어
살아 온 평생이 오히려 가볍다

기다림은 무시로 찾아와
허망을 내려놓고 불현
가버리는 일에
고개를 많이도 넘었지만
다시 돌아오는 이 일만은
그칠 줄 모르는 파도처럼
변함없는 속절에서 오늘은

등에 내리는 햇살의 무게가
점차 깊은 수렁으로 들어가는
또 다른 길을 꿈으로
헤매고 있는데

Peddler

휘어진 소나무 아래 앉으면
바람도 휘어져 간다. 가락이
마음을 달래는 날이면 소나무는
제풀에 휘어지는 일이 아름다운데
사는 일도 그렇게
구비진 골목을 누비는
peddler의 목청
날이 날마다의 언덕을 넘는
자고난 아침도 여전
'따끈따끈한 아줌마 두부'*가
골목에 들어서면
소리조차 서성서성 기웃거리는
시골 들판
무서리 내린 아침의 여백 아래
조용해서 오히려 슬픈 메아리
오늘도 나는 무슨 도붓장수의
하루를 팔고 있는가

____

* 시골동네를 지나며 두부를 팔고 가는 자동차의 스피커음

이상한 사람

고래로 부터
대체로 오늘까지
식을 위해 사람은 살지만
욕심으로 지나치면 위험한 일
자기 것도 자기 것이고
네 것도 내 것이라는
그런 상식으로 사는
사람이 있더라 그의 삶은
자기주머니 잣대에서 오로지
남의 것을 제 것으로 생각하는
머리 한 쪽이 비어 그걸 채우느라
두리번거리는 일상의 귀한 노동조차
나만을 위한 몫으로 계산하면
세상은 어둠일 터인데, 신이
그를 바라보면 무슨 생각이 들까
왜 태어나게 했는지
물어보고 싶은 사람이 있다

풍경

낙조를 바라보면 하루가
그토록 무사한 색채로 칠해지는 얼굴에
평화가 아름다운 내 여인의 모습같다
비록 실 강이 가로 세로 세월을 붙들고도
흐르는 물살의 반짝임처럼
시장끼를 잊은 어둠은 아주 천천히 그렇게
내 집 대문 앞에 팻말을 걸어놓은 예고
기다림이 뒤엉킨
낙조는 끝내
뒷자락만 보이는 무정이 되어
산을 넘는 저녁연기의 꼬리가 길다

장명등長明燈을 걸어놓고

어머니 장명등을 켭니다 어둠이
골목을 돌아오는 바람 길따라
기다림을 걸어놓았습니다 어린 날
가슴으로 왔던 따스한 체온
그리움이 너무 멀리 달아 난 이젠
침침한 눈에 색칠이 너무 안타까워
떨리는 한 손으로 넘기는 페이지마다
길이 묻혀갑니다
추억이 소리치던 골목조차 희미한
돌아가고 싶은 날들 까맣게 잊은
모든 길을 잃었습니다 하오나
어머니를 기다리는 일이 너무 멀어 이젠
떠나려는 날들이 점차 가까워 옵니다.
장명등을 켜고 기다림을 멀건히 세워놓고
그렇게 바라보는 눈자위 깊이
어머니의 그림자가
흔들리는 것도 안타까움입니다.
슬픔입니다.

다시 가을 앞에서

다시 가을 앞에 서성이고 있다
긴 여정을 그렇게 살았지만
무심한 마음으로 낙엽을 바라보고
바람의 행방을 뒤쫓는 일에 정신을 보냈던
돌아보니 가버린 이름들의 행방이 오늘은
사뭇 그리운데 사는 날의 끝자리
그 자리에 푸른 풀들은 다시 돌아오겠지만
머물었던 시선은 한참 멀어져갔네 나를
따라오는 발길이 멀리 어디쯤
기억이 흔들리면서
돌아보는 노래를 위해 나는
무슨 나무를 심어
키를 세울 수 있을까 오늘은
가을 뒷자락에 햇살을 받으며
시간을 돌리는 망상의 꼬리가
너무 길다고 마침내 졸음이
길을 막고 다가선다.

거울 앞에서

내가 거울을 보면
슬픈 하루의 끝자락
노래가 들리는 계곡에서
찬 바람소리가 밀려온다
마음이 비어있음을 알리는
진실은 화장을 고치는 일로
거울은 다시 원점으로
고개를 돌리고 있지만
떠난 것들 뒷태만의 쓸쓸함
만날 길 없는
여백에 눈이 내린다
죽음조차 머뭇거리는 깊이
햇살은 어둠에서 나오고
아니다를 연발하면서
그렇다로 가고 있는 일
그것이 보이는 거울
거울속이다

눈이 내리는 날은

중력이 펄펄 내리는 날은 내가
죽어도 좋은 날이다. 햇살로
어김없이 살아나는 아침을 믿고
죽는 일조차 즐거운
하얀 여백의 깊이
내 소망이 꿈을 꾸느라
희망을 부르는 소리
그리운 이름으로 스미는
어머니의 산엔
포근한 이름이 내렸겠다
나도 가야할
그 산

불확정성의 원리

이곳을 채우면 저곳이
비어있어 쓸쓸한 풍경화 언젠가
채울 것을 기대하는 시간이
문밖에서 머뭇거리는 계절은
흔적을 남기며 서있다
꽃들이 있었고 향기는
하늘을 채우느라 분주했던
장면들이 할 말 없는 듯
정지 속에 움직이는 약속
들판은 지금 비어있다 이따금
가늘은 신호로 배회하는 연기
바라보는 것으로 마을에는
없는 듯 멈춰선 표정만이
저녁 불빛을 기다리고 있다

아인슈타인의 생각

너와 나의 관계에 끼어든 존재 이런
삼각형은 서로에 세밀한 흐름이
각기 다른 시간의 동시성에는 같은데
있다와 없다가 분기하는 갈래
사는 일은 거기에서 방황한다 요즘은
없다가 정답이 된 종착을 믿어도 될까
뉴턴과 아인슈타인이 만나면
이웃이 될까 아니면
등을 돌릴까 오늘이 둥둥 떠서
흘러간다

종교

서로 등을 돌리면서
사랑을 말하는
(입으로만 말하는 사랑 역겹다)
누가 옳은 지는 멀리서
지켜보는 사람은 알지만
말해도 듣지 못하는 귀를 가진
사람들의 외고집
어쩌거나요
어쩌거나요
사랑은 독점이 아닌데서
불을 켜는 이름인데

경계

과학과 종교의 경계에서
머리를 들고 하늘을 본다
눈으로 하늘은 들어오고
마음으로 들어오는 방문자에
무엇으로 선택의 깃발을 꼽을까
누구는 마음을 지배했던 이름이
사라질 것으로 말했고
손을 모으는 인간은 계속
허공을 휘저을 것을 생각하는
무리들의 함성이 지속할 터인데
경계엔 아마도 어둠같은 이름이
진리로 등극하는 절차를 수행할런지
떠도는 바람을 보는 일로
답안을 삼고 있다
내 마음의 행로

무위無爲와 개오開悟

바라만 보는데도 계절은 저절로 가고

바라만 보았어도 봄을 알고 꽃을 피우는

이 무료한 일을 누가하고 있을까

이 저절로의 발걸음이 무섭다

잎을 피운가 하면 다시 잎을 떨구는

그 거리距離를 헤아리는

그 사이에서 방황하는

나의 발걸음이

피곤으로 느끼는 마음 – 저절로와는

무슨 상관이 있을까

무위無爲와 개오開悟가 뒤섞이는

사이 그 틈새를

다시 방황한다

제 6부: 시와 과학

제 6부: 시와 과학

해답

그건 없었다. 찾아 나선 발길이
무겁게 되돌아온 날
나무 끝에 매달린 잎새의 파랑波浪
그것에서 찾으려는
문제와 해답
문제도 없고 다시 해답도 없는
내 찾는 일에 대한 궁극
다시 무엇일까. 그냥
왔다 가는 길에 사념思念
내 마음은 어디로 날아갈까
언제면
바라볼 수 있을지

유리창

여기와 저기는 서로
관련이 있는 것
여기서 저기를 보면
낯선 사람 하나
저기서 여기를 보는
여기와 저기는 비로소
망網을 만들어
나를 세워 놓는다
'저 바깥에 놓여 있는' 우주
그리고 나

시와 과학

시는 전일숯—성
개별과 개별의 이미지가
모여야 한다
구성과 구성이 따로이지만
하나의 조직일 뿐
사람은 쪼개면서 다시
추상의 숲에 들고 다시
개별로 가는 길을 묻는다
결국 시는 이를 모으는
통일의 이름에 도달하여
눈물을 만든다

시간

흐르는 시간을 재촉했던
날들도 있었다. 그러나 이내
밀려나는 일. 사는 일이
그렇다
어느새 중심에서 벗어나
노인이 되더니 다시
더 밀려나는 속도가
현란하다. 시간은 같은데
시간은 다르다
그 사이에서 다만
신음 중

발걸음

가는 발걸음과 오는 발걸음이
다른 것을 아는 때는
쓸쓸한 여운
섣달의 걸음이
저물어 가는 날들의 기운을 받아
떨이를 외치는 쉰 목소리
지난날들이 켜켜 몸집으로
멀어져 가는 그림자
아쉽다

오는 이름 앞에
반가움을 감추면서
고개 숙이는 일 다시
시작하는 희망의 빛이
산을 넘느라 여전
목쉰 바람의 등을 타고
또 다시 마음 깃발을 하늘에
보내는 날 기쁨이 될 것을 믿는

섣달의 생각들, 가자
줄 서서 나오너라.

얼굴

내 얼굴은 해마다 변한다
그리고 날마다 변명한다
그 변명을 모으면 나는 어느새
카멜레온 의상을 걸친
현란한 나그네인 내가
나에게 하는 말조차
알아듣지 못하는 귀와
눈앞만 보는 초라한 눈
이 맹목의 여정은 끝이 어딘가
날마다 진행되는 속도에서
제어할 방법을 모르는 하루는
어제가 그렇듯 가고
가는 일이 모두인데
무료가 눕고 있는 시간의 등
세상을 두리번거리는 일이 고작
거울 속 풍경
나를 지워가는 거울을 바라본다

지휘상

나는 일제 말에 태어나
가파른 호흡을 이어가는
어린 날을 보내고 다시
전쟁의 힘겨운 이름 속에 파묻혀
슬픈 일 묵정밭으로 헤맨 날들을 지나
졸업장을 줄 때 마다 가득했던 신음
청춘이 찢어진 깃발이 되어
희망을 부르던 시절 그때
운명을 탄식하는 곡조는
여백 없이 시름겨운 날들과 마주선
투쟁이었다

돌아보는 시간 앞에서는
애달픔도 고개 숙이는
머언 추억의 파도소리가
아름다워지는데 이젠
침침한 눈에 서리는 안개
한 장의 두루마리에 담겨진 이력

세상에 나온 일이 행복이라는 뜻으로
일기장을 써내려가는 길
하얀 여백에 기다림이 초조로워도
다음 페이지 앞에 서있는
사랑하는 사람들의 체온을 따라
나와는 이별없는 길을 소망하는 노릇에
이끼가 끼기 시작하는 소리가 들린다
어디까지의 약속을 담보하면서 나는
그리움의 파도를 출렁이는
사랑보다 깊은 사랑의 체온을 위해
꿈꾸는 간판을 문 앞에 걸었다.

걷는 연습

태어난 날부터 죽어가는 길
얼마를 더 가야 종착지가 될까
어둠길에 다가오는 빛을 위해
기도하듯 살아가는 침묵
죽으면서 사는 이 역설의 늪에서
무엇을 기록하고 무엇을 위해
꿈꾸기를 연습하는가
교차하는 십자로에
전해줄 말이 없는데도
자꾸 남겨야할 목록을 나열하는
내 언어의 공허를 무엇으로
어떻게 말해야할까 누구는
여래如來(Tathagata)*라, 하여
윤회輪廻(Samsara)**의 바퀴살 아래
신음을 파묻는 도보徒步 연습
오로지 가는 연습만이

____

* 여래如來는 '왔다가 그렇게 가는 사람'

** 윤회輪廻는 '쉬지 않고 움직이는 것'

내가 사는 이유가 된다는
망연茫然함을 들고 묻습니다
마냥 묻습니다

$$E = MC^2$$

우주의 운행은 시가 된다. 그렇듯
사랑은 시가 된다
절대 공간과 시간이 따로가 아닌
하나로 통일되는 일은
시가 되는 일
감동은 변화變化와 갈등葛藤을 넘어
Identity 거기에
4차원 감동의 문이 열리면 다만
시만 남는다

남자와 여자의 몸이
둘이 아닌 하나로 결합할 때
자웅雌雄의 황홀한 포옹은
무엇도 없는 역동적 통일체
공간과 시간이
무너지는 엑스타시는
사랑

때묻은 세상을 넘어
4차원의 높이로 오르는
시와 사랑은 둘이 아닌
그냥 하나일 뿐

과학 믿기

시간과 공간에서
정지하였고 변화할 수없는
절대의 기준자 앞에 뉴턴은
오로지 분리없는 세계
신들의 음성을 모셨다
과거와 현재와 미래의 사다리를 타고
떠나는 세계는 지구 안에서
물질적 입자粒子들만을 보았고
절대의 개념이 무너질 때도
천둥과 번개가 치는 날에도
신은 침묵하기 일쑤였다
어떤 사람이 손을 들고
모조리 뒤엎는 질문 앞에
믿었던 법칙
과거와 현재와 미래가
소리도 없이 무너지는 일에도
그냥 그대로
해와 달이 뜨고 지고 있는데

무슨 놈의 법칙이
빨간 줄을 긋고 외우라는 말만
되풀이 하는가

우리 하나이기에

우리가 사랑하는 이유
강물이 바다에 이르러도
강과 바다를 구분하지 않는
그 색깔의 의미를 보라

햇살의 눈부심보다
눈을 감으면 더욱 잘 보이는
그대의 얼굴
어둠조차 무의미한 이유는
가슴을 열었을 때
보이는 빛이라네

우리가 하나이기를 바라듯
세상의 파도 앞에
승리로 앞을 헤쳐 가는 희망
찬란함보다 더 깊은 이유는
용기의 빛깔이 소중함이네

가슴을 열었을 때는 더욱 환한
우리가 믿었던 깃발
사랑하였기에
세상이 우리에게 다가와
다정한 말을 속삭이는
이 아름다움을 바라며
빛나는 이름 앞에 경건히
고개 숙이는 일이 모두일 뿐이네

향기로 길을 내는

내 그대에게 가는 길
향기가 먼저 창문에 이르리니
혹여 창문을 두드리지 않더라도
눈을 감고 다가오는 이름을
맞아주소서

설혹 그대 이름 모르는
꽃이라 해도
소식처럼 빠른 바람의 등을 타고
그대 앞에 눈뜨는 향기
사뿐한 나래로 다가서리니
낯선 날들의 언덕을 넘어
창문 열어 웃어주소서

그리움 바람이 되는
머언 날들의 손짓 따라 지금은
그대 앞에 머무는 다만
향기면 되옵나니
눈을 감아 아름으로 받아주소서

버림의 철학

시를 쓰면서
버리는 일을 한다
언어와 사물의 이름들
버리고 남는 뼛조각위에
의미의 나래로
살아나는 조각을 본다
사는 일도 이런 길 아직도
쌓아 놓은 잡다한 성채城砦위에
군림하는 내 의식의 깃발
초라하다 그러나
털어버리면 허무아래
자유의 나래가 돋는 일로
의무를 심어 위안을 삼는다

울고 싶은 날은

마음 울적하여 울고 싶은 날은
세상도 아내의 얼굴도 우는 모습이다
살아온 먼 길이 가로누워
여전히 헷갈리는 숲으로 난 길 따라
어둠은 여전히 모습을 숨기는 일로 분주한데
주저하면서 다가오는
설명하기 어려운 이름들
나는 이제 세상의 길에서 남겨진 것들에
마지막 애정을 보내는 일이 고작인데
슬픔은 긴 그림자처럼 따라오는 이유
눈물보다 깊은 사랑을 캐기 위해
마지막 헤아림은 심고 있다
이 일 밖에 할 일이 없다

슬픔의 학교

| 초판 1쇄 인쇄일 | 2011년 9월 1일 |
| 초판 1쇄 발행일 | 2011년 9월 2일 |

지은이	채수영
펴낸이	정진이
총괄	박지연
편집·디자인	김현경 이하나
마케팅	정찬용
관리	한미애 김정훈
인쇄처	월드문화사
펴낸곳	새미

등록일 2005 13 14 제17-423호
서울시 강동구 성내동 447-11 현영빌딩 2층
Tel 442-4623 Fax 442-4625
www.kookhak.co.kr
kookhak2001@hanmail.net

| ISBN | 978-89-5628-578-8 *03800 |
| 가격 | 9,000원 |

* 저자와의 협의하에 인지는 생략합니다.
새미는 국학자료원의 자회사입니다.
잘못된 책은 구입하신 곳에서 교환하여 드립니다.